FRANÇOIS BOISSONNEAU

LAURÉAT DE L'ACADÉMIE DE BORDEAUX

LE

CRUCIFIX

DE L'ÉCOLE

> *En fin de compte, cette question est une question de mobilier d'école.*
>
> (M. HÉROLD, préfet de la Seine, dans la séance du 21 décembre 1880, au Sénat.)

BORDEAUX

IMPRIMERIE V. CADORET

12, rue du Temple, 12

1881

LE CRUCIFIX DE L'ÉCOLE

FRANÇOIS BOISSONNEAU

LAURÉAT DE L'ACADÉMIE DE BORDEAUX

LE

CRUCIFIX

DE L'ÉCOLE

En fin de compte, cette question est une question de mobilier d'école.

(M. Hérold, préfet de la Seine, dans la séance du 21 décembre 1880, au Sénat.)

BORDEAUX

IMPRIMERIE Ve CADORET

12, rue du Temple, 12

1881

A MON AMI

M. l'abbé J.-H. CASTAING

Chanoine honoraire.

LE
CRUCIFIX DE L'ÉCOLE

*En fin de compte, cette question
est une question de mobilier d'école.*

(M. Hérold, préfet de la Seine,
dans la séance du 21 décembre 1880,
au Sénat.)

Il était donc de trop ce mobilier d'école,
Ce pauvre crucifix appendu contre un mur ;
Le crucifix ! muet, mais éloquent symbole
De la foi, de l'espoir, de l'amour le plus pur !

Lui qui toujours, du maître en partageant la peine,
Dans son âpre devoir le tenait affermi,
Et qui gardait encor plus blanche et plus sereine
L'âme de l'écolier devenu son ami !

Il était donc de trop, lui que cette humble enfance
Entourait chaque jour de ses flots empressés ;
Lui qu'elle saluait à travers la distance,
Et qu'elle recherchait sans le trouver assez !

De trop, le crucifix ! La preuve en est certaine :
Les sages du conseil ont payé son bourreau !
Où l'amour l'exaltait, il succombe à la haine,
Et je vois ses débris jetés au tombereau !

— S'était-il donc mêlé de votre politique ?
Était-il comme nous un traître, un factieux ?
Avait-il conspiré contre la République ?
Avait-il renversé quelques-uns de vos dieux ?

Non ! il n'avait rien fait que son bien ineffable ;
Mais il vous gênait tant que vous en aviez peur,
Car on a peur de tout lorsque l'on est coupable ;
Son bien seul excitait votre remords rongeur !

« C'est une question de mobilier d'école... »
Et c'est toi qu'on dépeint sous ces traits révoltants,
O Christ ! Ils n'ont pas vu ta divine auréole...
La pourpre et le roseau furent moins insultants !

Le Christ, un mobilier !.. — Oui, mobilier sublime
Qui de l'humanité fait la plus riche part :
Mobilier du puissant, mobilier de l'infime ;
Mobilier du jeune homme autant que du vieillard !

Mobilier du savant, mobilier de l'artiste ;
Mobilier du soldat comme du laboureur ;
Mobilier du mondain comme du moraliste ;
Du poète inspiré comme de l'orateur !

Mobilier de la vierge au front calme et pudique,
Et du religieux iniquement chassé ;
Mobilier de la femme à jamais héroïque
Dont le lait généreux s'est dix fois dépensé !

De l'homme résigné qui lutte et qui succombe
En souriant encore à ses destins amers ;
Mobilier du berceau, mobilier de la tombe...
Ce mobilier, le Christ, meuble tout l'univers !

— Lui brisé, vous croyez la question vidée ;
Vous n'avez donc pas vu, pauvres gens, pauvres fous,
Que du plâtre brisé jaillissait une idée ?
A vous le plâtre, bien ! mais l'idée est à nous.

Il nous faut cette idée et vivante et féconde ;

Il nous la faut demain autant pour l'écolier

Que pour la France même, et l'Europe et le monde ;

Nous la revendiquons ; c'est notre mobilier !

Répondez ; qu'avez-vous pu mettre en cette classe ?

Votre statue avec son bonnet phrygien !

Sachez-le ; Dieu n'est pas la chose qu'on remplace ;

Où Dieu ne règne plus on ne peut mettre rien !

Ah ! c'est payer trop cher vos sombres utopies,

Si pour instruire mieux vous flétrissez les cœurs ;

Si pour laïciser vous faites des impies,

Et si pour épurer vous corrompez les mœurs !

Il faut bien vous le dire, ô superbes despotes :

Vous qui sur tous nos deuils vous dressez triomphants

Vous, les bruyants sauveurs ; vous, les grands patriotes,

Vous tuez la patrie au cœur de nos enfants !

Vous ne comprenez rien à votre immense tâche,

Et vous hurlez encor : Revanche ! à tout propos ;

La foi du crucifix n'a jamais fait un lâche,

Mais dans un seul chrétien elle vaut cent héros !

La patrie et la foi dans une noble étreinte
Se tiennent ; je les vois ces immortelles sœurs :
Si d'un affront sanglant l'une ressent l'atteinte,
Soudain l'autre se lève ; elle enflamme les cœurs !

Les soldats de la foi, valeureuse famille
Dont le péril resserre et féconde les rangs ;
Ils ne regardent pas à l'armure qui brille ;
Les petits devant Dieu sont toujours les plus grands.

Ceux-là ne chantent pas : « Mourir pour la patrie »
Au fond d'une taverne où l'on va s'abrutir ;
Mais lorsque leur pays a besoin de leur vie,
S'ils ne savent chanter, ceux-là savent mourir !

Lorsque des Prussiens les hideuses cohortes
Déroulent leur orgueil sous les murs d'Orléans,
Ville de Jeanne-d'Arc dont frémissent les portes !
Ces hommes-là sont-ils des nains, ou des géants ?

Je crois bien, des géants ! ces soldats que d'Aurelles
Conduit à l'ennemi, ces soldats confessés !
Ceux-là ne jettent point, ainsi que des rebelles,
Leurs fusils stupéfaits dans l'ombre des fossés !

Je crois bien, des géants ! Charette et ses zouaves
Dans les veines desquels on ne sait ce qui bout,
Tant leur suprême ardeur dévore les entraves,
Et tant sous la mort même ils se tiennent debout !

O Coulmiers ! ô Patay ! vous savez leur histoire ;
Vous savez quelle force en eux avait agi ;
Vous savez de quel prix ils payèrent leur gloire ;
Vous savez de quel sang votre sol fut rougi !

Les soldats de la foi ! qui n'eût voulu les suivre,
Combattre à leurs côtés et mourir avec eux ?
Non ; pendant qu'ils mouraient, d'autres songeaient à vivre ;
Et qui donc ? — Les héros des dîners plantureux !

Ces soldats fortunés ont aussi leur histoire :
Commandés par le vin, ils nous chantaient plus fort,
Ils nous chantaient : « Pas un pouce du territoire !
» Levée en masse ! allons ; point de paix ! guerre à mort ! »

Ayant des questions galantes à résoudre,
Ils préféraient alors, gorgés de tous les mets,
Le parfum du cigare à l'odeur de la poudre ;
Au choc des bataillons, leurs indolents plumets !

Ils avaient tous les soirs des loges au théâtre,
Et la salle acclamait ces marchands de galons ;
S'ils se montraient au jour, une foule idolâtre
Leur jetait ses bravos jusque sous leurs balcons.

Comme ils organisaient toujours la délivrance :
« Attendez ; nous partons ! » Les nôtres attendaient
Qu'ils eussent bien fini d'assassiner la France...
Et pendant ce temps-là les cléricaux mouraient !

Un jour, le dictateur, n'ayant plus que ces braves,
Essaya ces deux mots : « Marchez donc en avant ! »
Ciel ! quelle débandade ! au fond même des caves
On les vit s'engouffrer plus fougueux que le vent !

Bientôt tout alla mieux ; et vers les préfectures,
De leur patriotisme un immense reflux
Se fit ; ils ne voulaient plus que des sinécures...
Ces soldats de la peur étaient tous des perclus !

Alors Léon le grand, Léon le magnifique
Daigna rêver ; que peut rêver un dictateur
Lorsqu'il a dit : « Moi seul, je suis la République !.. »
— Il rêva qu'il pouvait être un homme de cœur !

Il partit par un train spécial ; sa poitrine,
Où devaient mille fois bouillonner des volcans,
Allait donc éclater et, foudroyante mine,
Faire sauter du coup tous ces blocs de hulans !

Pendant qu'il avançait majestueux, terrible,
Il crut entendre au loin retentir le canon...
O moment décisif ! ô génie invincible !
Que va-t-il se passer ? Peut-on le croire ?... — Non.

Une chose manquait à sa vertu guerrière ;
La foi du crucifix, certes, n'était pas là...
Et le fier dictateur s'écria : « Train, arrière !.. »
Châtiment de l'histoire ! — Et le train recula !...

— En fin de compte, il est d'une imprudence extrême
De jouer avec Dieu lorsqu'on va s'y heurter ;
En voulant le briser, on se brise soi-même ;
Soi-même, on s'avilit en croyant l'insulter !

Mieux vaut savoir qu'il est le Dieu du sacrifice ;
La source où nous puisons cette mâle vigueur
Qui nourrit des martyrs la vaillante milice ;
Le sacrifice seul enfante la grandeur !

En fin de compte, ô vous que le pouvoir enivre,
Quand vous nous enlevez le Dieu crucifié,
Vous arrachez la vie à ceux qui veulent vivre,
Car ils vivent du Dieu qui s'est sacrifié !

Le Christ est éternel ; vos crimes, éphémères !
En profanant l'amour comme la liberté,
Vous avez profané ce doux legs de nos mères...
Mais la vengeance reste à son éternité !

Le Christ est au-dessus de toute République :
On ne l'abaisse point au niveau d'un parti !
Il demeure le Christ du monde catholique,
Écrasant de sa croix l'orgueil anéanti !

— En fin de compte, ô Christ ! qu'on t'enlève à l'école,
De l'école à l'autel, de l'autel au foyer...
Je suis toujours plus fort de ta sainte parole
Et le flot des méchants ne pourra m'effrayer !

O crucifix béni ! Toi, gardien fidèle
De cette humble maison toute pleine d'enfants ;
Toi qui soutiens la foi de leur mère si frêle,
Et qui de ton regard paisible les défends !

Toi, mon appui certain, mon conseil dans le doute ;
Toi qui sais mesurer ma force au poids du jour,
, Et, lorsque je reviens fatigué de ma route,
Qui me fais reposer, le soir, dans ton amour !

Toi, mon suprême ami lorsque tout m'abandonne !
Toi qui connais mes maux et qui peux les guérir ;
Toi qui donnes toujours plus que l'on ne te donne,
Puisque je goûte en toi le bonheur de souffrir !

Ah ! qu'ils viennent demain te ravir à ma couche,
Et demain sous leurs coups j'expire en les bravant !
Le baiser de la mort te tiendra sur ma bouche,
Et dans mon cœur glacé tu resteras vivant !...

5 Janvier 1881.

www.ingramcontent.com/pod-product-compliance
Lightning Source LLC
Chambersburg PA
CBHW061423170626
46811CB00005B/2097